Para Mamaie,
a quien aún me gustaría abrazar.
R.B.

Título original: *Pomelo s'en va de l'autre côté du jardin*
© Albin Michel Jeunesse, 2007
© De esta edición: Editorial Kókinos, 2008
Web: www.editorialkokinos.com
Traducción de Esther Rubio
ISBN: 978-84-96629-56-1

Pomelo
al otro lado del huerto

Ramona Bădescu   Benjamin Chaud

KÓKINOS

Todos se burlan de Pomelo

Bajo su flor de diente de león
Pomelo tiene la impresión
de que algo ha cambiado.

Es como si su flor
de diente de león
ya no fuera más
su flor de diente de león.

Como si las fresas
ya no tuvieran más
el mismo sabor a fresa.

Como si él fuera el único
en ver lo que ve.

Como si su concierto para nabos
ya no le interesase a nadie más
que a él.

Como si todo se alejase
y a la vez algo nuevo se acercara.

Y encima, todos se han reído
con la broma del tomate.

Y nadie le ha invitado
a la fiesta de los tupinambos.

¿Le queda alguien
con quién contar?

Le parece haber escuchado
algunas palabras indefinidas
al pasar cerca de las malas hierbas.
Una palabrita que comienza por P,
como… «Pelón» o «Pomelo»…

patapluf

popotin

paquidermo

papa

patisón

¿Quién se ha reído?

¿Quién se atreve a hacer
comentarios sobre su trompa?

Y es extraño cómo algunos
ni siquiera le dan los buenos días.

Y cómo otros
le atraviesan con la mirada.

Y cómo le han mandado
a contar hasta diez.

Y hasta el sol ha corrido
a esconderse.

Ni siquiera Gigi quiere ya
hacer gigiladas.

Y hace ya tanto tiempo que no da
su paseo con Gantok...

Pomelo ya no sabe
dónde se habrá escondido su sonrisa.

Sin embargo él busca.
Sin embargo, sin embargo…
algo ha cambiado.
¡Todos se burlan de él!

Pomelo se va

Ahora que la noche
lo ha oscurecido todo,
Pomelo se siente solo.
Aún más solo.

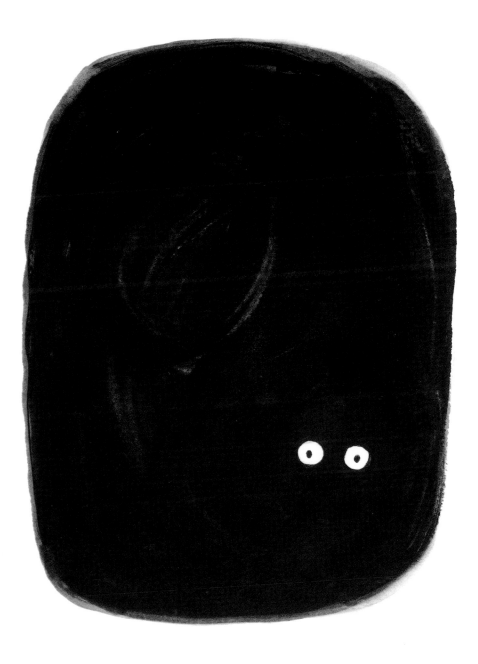

Tiene frío. Tiembla.
Siente como si una bola
lo recorriera por dentro.

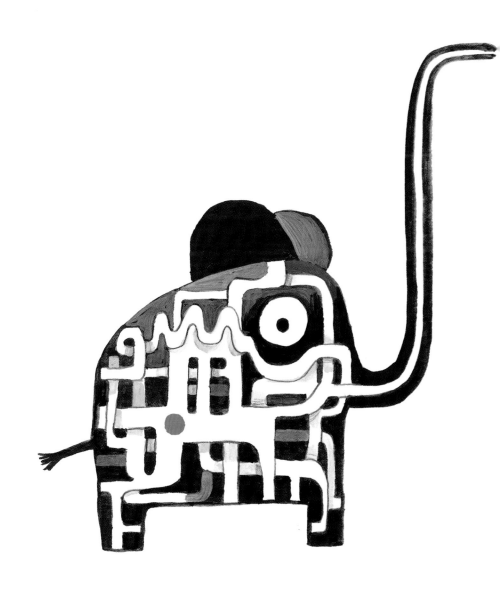

Y no piensa en Rita,
ni en Gigi, ni en Gantok.

Intenta no pensar en nada.

Porque en la noche,
nada se parece a nada.

Todo está oscuro como un rábano oscuro.

Desliza una palabra
en el suave hueco de una hoja
de su flor de diente de león.
Una palabra que habla de amor,
de tristeza, de adiós,
pero todo en una sola palabra.

Ya puede oir
la música de otros lugares.

RRRRRRR

cri cri cri
cri

Ya siente otra tierra
deslizarse bajo sus patas.

Él sabe que allá
no es como acá.

Y que, seguramente,
algo o alguien
le está esperando.

A pesar de todo, siente que algo
le retiene aún aquí.

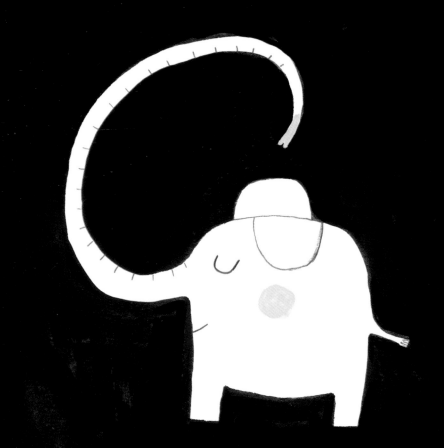

Que deja
algo muy importante.
Algo que también forma parte de él.

¿Se verá la luna también
desde allí?

¿Las flores se parecerán a las flores?

¿Seguirá habiendo fresas?
¿Aunque ya no sea el mismo jardinero?

Ojalá que el huerto
no acabe en un abismo.

Ojalá que haya algo

hermoso para él allá.

Y que alguien le sonría.

al otro lado del huerto

Al encenderse la luz de la mañana
Pomelo ve el huerto
¡como nunca lo había visto antes!

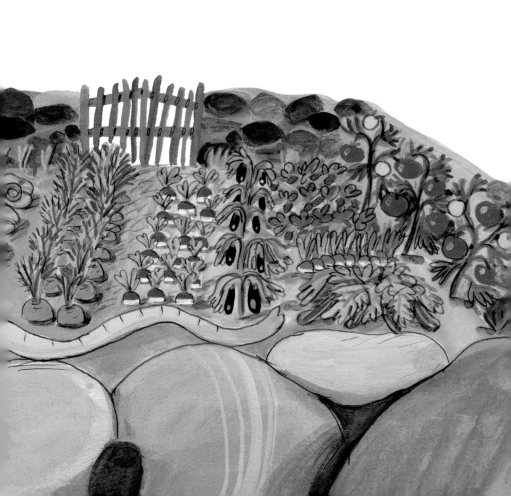

Pero sobre todo, ve, ve…
otro huerto al otro lado del huerto.
¡Un huerto diferente más infinito aún!

Pomelo salta.

Se revuelca.

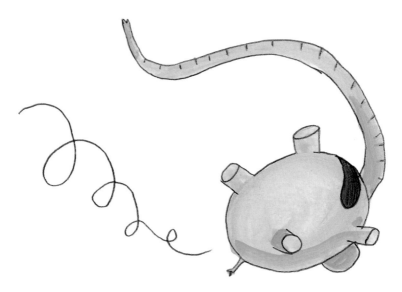

Pomelo corre.

Y se contonea.

Después camina.

Y camina.

Se diría que una corriente
de aire caliente le envuelve.

Está a punto de descubrir
algo nuevo.

Y a la vez, tiene como la impresión
de algo ya conocido…

pero gracioso y extraño.

Se siente confiado.
¿Demasiado quizá?

Siente que ve la vida
de otra manera.

Y que alguien le habla.

¡ tut tut tut

Que una canción
viaja con él.

Que aquí también todo es
agradable y cálido
y acogedor…

y también misterioso.

Pomelo piensa que, sin duda,
el nuevo huerto se parece
un poco al otro, con alguna cosa
de más y con alguna cosa de menos.